Booktrip

Reiseführer

THAILAND

Reiseplanung leicht gemacht!

Peter Beer

Der Autor Peter Beer

Hi, ich bin Peter!

Ich liebe es, die Welt zu entdecken, neue Dinge auszuprobieren und mein Leben selbst zu gestalten. Vor einigen Jahren habe ich mein erstes großes Backpacking Abenteuer nach Thailand gestartet und war begeistert von der Art des individuellen Reisens. Daheim angekommen, völlig geflasht von den vielen, neuen Eindrücken, wollte ich sofort die nächste Reise unternehmen. Mein Ziel stand schnell fest, jedoch bemerkte ich, dass ich mal wieder auf dieselben lästigen und zeitaufwendigen Probleme bei der Vorbereitung auf die Reise gestoßen bin.

Der Autor Peter Beer

Die ewige Suche nach Infos vor einer Reise!

Viele meiner Freunde und ich stehen vor unseren geplanten Reisen ständig vor denselben ungeklärten Fragen. Jedes Mal fehlen uns brauchbare und zuverlässige Informationen, die wir uns immer wieder aufs Neue mühsam zusammentragen mussten. Dabei haben wir uns stets über die schier endlose und unglaublich zeitintensive Suche beschwert. Selbst die beste Recherche half uns oftmals nicht weiter.

Geht es dir ähnlich? Nervt auch dich die aufwendige Recherche? Wenn ja, dann bist du bei Booktrip genau richtig! Die wesentlichen Fragen über Thailand werde ich dir in diesem Buch beantworten, sodass du gut auf deinen individuellen Trip vorbereitet bist!

Vertrau uns! Denn Booktrip ist dein Einstieg und die Basis für jede deiner Reisen!

Gliederung

Das Reiseziel Thailand

Amtssprache	Thai
Hauptstadt	Bangkok
Staatsform	Erbmonarchie
Regierungssystem	Militärregierung (unter konstitutioneller Monarchie)
Staatsoberhaupt	König Maha Vajiralongkorn
Regierungschef	Premierminister General Prayut Chan-o-cha
Fläche	513 115 km² (Vgl. Deutschland: 357 375 km²)
Einwohnerzahl	~ 68 Millionen (Stand 2016)
Bevölkerungsdichte	132 Einwohner pro km²
Währung	Baht (THB) 1 € : ~38 THB (2017)
Zeitzone	UTC+7 (Vgl. Berlin: UTC+1)
Telefonvorwahl	+66
Religion	Buddhismus (95%), Muslime im Süden

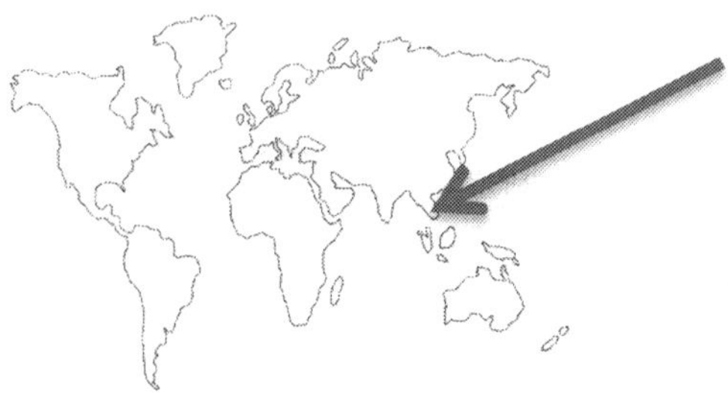

Highlights Die Top 10

#1 | Koh Phi Phi

Du willst vom Stress zu Hause abschalten? Du suchst Traumstrände? Vielleicht bist du sogar auf der Suche nach dem Paradies? Dann hast du endlich dein Ziel erreicht!

Mein Tipp! Unternimm eine Reise über den Berg der Insel und du wirst im Paradies ankommen: wenige Menschen, kaum Lärm und ein Strand fast für dich alleine! Und nebenbei schießt du noch ein wunderschönes Foto von Koh Phi Phi auf der Aussichtsplattform. WOW!

#2 | Doi Suthep

Die Tempelanlage Wat Phra That Doi Suthep befindet sich auf einer angrenzenden Berghöhe zur Großstadt Chiang Mai. Die Anlage ist das Wahrzeichen der Stadt und aufgrund seines goldenen Chedi eines der bekanntesten Fotomotive Thailands. Das schimmernde Gold und die Aussicht auf die Stadt werden es zu einem unvergesslichen Moment für dich machen!

#3 | Bangkok

Noch eine Stadt, die niemals schläft! Sie hat nicht nur die Jungs im Film „Hangover 2“ umgehauen, nein, auch du wirst erst einmal mit großen Augen staunend dastehen! Nachdem du den kleinen Schock von Lärm, Chaos und Nichteinhaltung vieler bekannter Verkehrsvorschriften überwunden hast, solltest du dich auf die wunderbaren Attraktionen freuen. Bangkok bietet einfach „mega-viel“!

#4 | Koh Tao

Die Insel Koh Tao liegt im Golf von Thailand und ist ein Paradies zum Tauchen und Schnorcheln.

In den letzten Jahren ist der Tourismus auf dieser Insel stetig angestiegen, jedoch gibt es immer noch ausreichend unbekannte Ecken, in denen du die traumhaften, weißen Strandabschnitte für dich alleine entdecken kannst.

Highlights Die Top 10

#5 | Chiang Mai

Chiang Mai ist eine sehr entspannte Großstadt. Im Gegensatz zu Bangkok überkommt einem das Gefühl, ewig hierbleiben zu können! Ihre quadratische Bauweise und der Wassergraben, der sie umgibt, laden zu einem idyllischen Zusammenkommen ein. Wusstest du, dass sich in Chiang Mai viele Auswanderer und ortsunabhängige Selbstständige aufhalten?

#6 | Wat Phra Kaeo

Im Tempel Wat Phra Kaeo befindet sich eine 45 Zentimeter große Statue des Smaragd-Buddhas. Dieser bildet das Herzstück einer gewaltigen Palastanlage im Zentrum Bangkoks, die durch seine reich verzierten Fassaden mit den vielen kleinen und großen Wachmännern besticht. Sehr beeindruckend und ein „must-see“ auf deiner Reise! Übrigens kann eine adäquate Bekleidung, welche die Schultern und Knie bedeckt, auch vor Ort ausgeliehen werden.

#7 | Ayutthaya

Das alte Königreich lässt noch heute mit seinen Tempeln und Ruinen erahnen, wie glorreich es einst war. Der Ort Ayutthaya liegt nur etwa 80 Kilometer nördlich von Bangkok entfernt. Mit dem Zug erreichst du die Stadt in etwa einer Stunde. Meine Empfehlung: Leih dir ein Fahrrad aus, um das weitläufige Terrain zu durchqueren.

#8 | Thailändische Küche

Essen ist kein atypischer Höhepunkt oder gar eine Sehenswürdigkeit. Aber wenn du Essen liebst, dann wirst du dich Hals über Kopf in Thailands Küche verknallen. Mein Gaumen sehnt sich heute noch nach Curry, Pad Thai und den unzähligen sonstigen Leckereien! Mehr zu diesem Highlight findest du in der Rubrik „Essen & Trinken“.

#9 | Wat Rong Khun

Ein Highlight für jeden Touristen und Backpacker. Der „Weiße Tempel“ Wat Rong Khun ist ein buddhistisch-hinduistischer Tempel in der Provinzregion Chiang Rai, nördlich von Chiang Mai. Die extravagante Bauart und die weiße, für thailändische Verhältnisse eher untypische Außenfarbe haben diesen Tempel mittlerweile zu einer der bekanntesten Attraktionen in Thailands Norden gemacht!

#10 | Mekong & Das Goldene Dreieck

Der wichtigste Fluss und seit Langem weltbekannt. Er durchquert sechs Länder Südostasiens und gehört mit einer Länge von weit über 4000 km zu den längsten Flüssen der Erde. Das „Goldene Dreieck" im Norden Thailands, das hier an Myanmar und Laos angrenzt, ist wohl der bekannteste Ort dieser Region.

Von November bis März

Die beste Reisezeit bieten die Wintermonate. Zu dieser Zeit herrscht in Südostasien herrliches Wetter. Die Temperatur beträgt meist zwischen 30 °C und 35 °C, die Wassertemperatur liegt bei etwa 28 °C. In den genannten Monaten gibt es kaum Regenschauer und es kommt nur vereinzelt zu kräftigen Gewittern.

Reisen während der Regen- und Trockenzeit

Auch in dieser Periode kann es sehr schön sein. Regen- und Trockenzeit muss keinesfalls bedeuten, dass man zu der Zeit nicht nach Thailand reisen sollte. Die Sonnenstunden pro Tag werden zwar durchschnittlich weniger und es kann öfters zu sintflutartigen Regenfällen kommen, aber die Temperaturen sind immer noch sehr hoch. Deswegen können die intensiven, kurzen Schauer auch eine willkommene Abkühlung zum besonders trockenen Klima im Norden oder zum tropisch feuchten im Süden sein.

Chancen vs. Risiken

Zusammenfassend lässt sich sagen, dass jeder Zeitabschnitt seinen eigenen Charme besitzt. Die Monate November bis März bieten dir eine höhere Chance auf gutes Wetter als der Zeitraum zwischen Mai und Oktober. Dafür sind in dieser weniger touristischen Periode viele Unterkünfte nicht ausgebucht und du kannst einige Schnäppchen machen.

Klimadiagramm Bangkok

Bangkok	Maximal-temperatur *Durchschnitt in ° C*	Sonnen-stunden *Durchschnitt*	Regentage *Durchschnitt*
Januar	32	9	1
Februar	33	9	1
März	34	9	2
April	35	9	3
Mai	34	8	12
Juni	33	6	13
Juli	32	5	13
August	32	5	14
September	31	6	17
Oktober	31	6	14
November	31	8	5
Dezember	30	8	1

Reiserouten Drei starke Trips

Alle internationalen Flüge nach Thailand landen in Bangkok. Deshalb ist die thailändische Hauptstadt der Ausgangspunkt für alle drei Routenvorschläge.

Am einfachsten findest du günstige Flüge nach Bangkok mit einer Preissuchmaschine. Meine Favoriten sind hier Skyscanner, Momondo und Kayak. Die Preise starten für Hin- und Rückflug bei etwa 500 € und werden je nach Saison, Abflugtag und Buchungszeitpunkt meist teurer.

Hinweis zu Budgetangaben

Die Budgetangaben sind ein allgemeiner Richtwert, basierend auf den Ausgaben eines Normal-Reisenden. Dein persönliches Budget hängt natürlich von deinen individuellen Ansprüchen und Plänen ab.

Reiserouten Drei starke Trips

Dein Thailand-Booktrip

Trip: Start: Bangkok | Ende: Bangkok
Dauer: 4 Wochen | Budget: ~ 1000 €

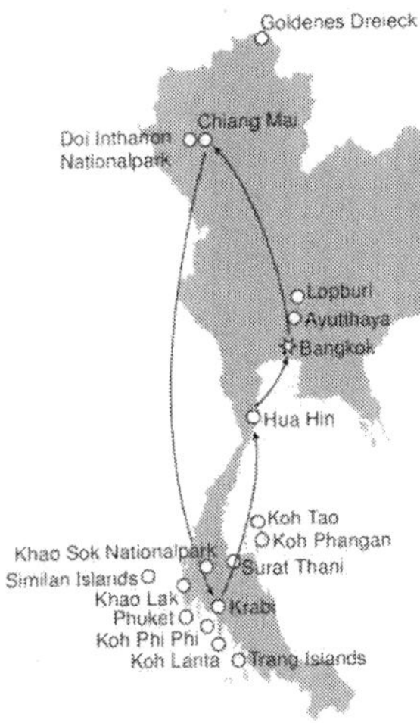

Der Trip ist so aufgebaut, dass du ihn trotz einer gewissen Struktur immer an dein eigenes Reisetempo anpassen kannst. Du startest in Bangkok und buchst im Voraus zwei bis drei Übernachtungen in einer Unterkunft, um dich zu akklimatisieren und die Sehenswürdigkeite zu entdecken.

Von Bangkok in den Norden

Am besten verschaffst du dir einen Eindruck bei Tripadvisor oder buchst eine Tour bei GetyourGuide. Danach geht es mit dem Zug weiter nach Ayutthaya, Dort kannst du das alte thailändische Königreich entdecken. Gegen Mittag fährst du nach Lopburi, wo du die unerschrockenen Affen antriffst. Anschließend nimmst du den Nachtzug in Richtung Chiang Mai.

Saturday Night Market in Chiang Mai

Diese Stadt bietet eine hervorragende Ausgangslage für Entdeckungsreisen in den Norden Thailands. Du kannst von hier aus eine Trekking-Tour im Doi-Inthanon-Nationalpark mit Elefantenreiten unternehmen, bei einem Bergvolk übernachten oder einen Abstecher zum berühmten Goldenen Dreieck machen. Falls du dich an einem Samstag in Chiang Mai aufhältst, musst du unbedingt den Saturday Night Market besuchen.

Ab zu den traumhaften Stränden!

Nach ein paar ereignisreichen Tagen fliegst du in den Süden nach Krabi. Diese Stadt stellt einen herausragenden Ausgangspunkt für die Erkundung der Strände und Inseln dar. Am Morgen geht es per Fähre auf Koh Phi Phi, eine der schönsten Inseln mit einem unvergesslichen Aussichtspunkt.

Der besondere Charme von Koh Phi Phi

Auf der autolosen Insel kann man einerseits ausgelassen feiern, aber andererseits auch gut entspannen. Dort solltest du ein paar Tage relaxen, bevor du mit der Fähre entweder nach Phuket, Koh Lanta oder auf die Trang Islands weiterschipperst. Phuket ist eine Partyhochburg mit vielen Luxus-Hotels. Auf Koh Lanta gibt es tolle Tauchspots und die Trang Islands sind noch von den Touristenmassen verschont geblieben.

Westküste: Der Andamanensee

Folge der Route nach Khao Lak. Bewundere die schönen Similian Islands und bring einen tollen Schnappschuss von der Bond Insel mit. Danach wird es Zeit für eine Abwechslung: Trekking im Khao-Sok-Nationalpark. Gestärkt von der Natur geht es mit dem Minibus weiter nach Surat Thani. Von hier aus kommst du mit der Fähre auf die Inseln Koh Phangan und Koh Tao. Zu empfehlen ist das Lime N Soda Beachfront Resort in Koh Phangan. Zufällig lud man mich dort zu einer fantastischen australischen Hochzeit ein.

Ostküste: Der Golf von Thailand

Danach geht es zur Insel Koh Tao, berühmt für ihre Schnorchel- und Tauchspots. Eine Tour buchst du leicht in einer Reiseagentur oder Tauchschule. Leider endet jede Reise einmal und du gelangst mit der Fähre wieder aufs Festland. Dabei lohnt sich ein Abstecher in die Stadt Hua Hin, bevor einen Tag später dein Flieger von Bangkok aus in Richtung Heimat startet.

Reiserouten Drei starke Trips

Dein Sightseeing Trip

Trip: Start: Bangkok | Ende: Chiang Mai
Dauer: 2-3 Wochen | Budget: ~ 600 €

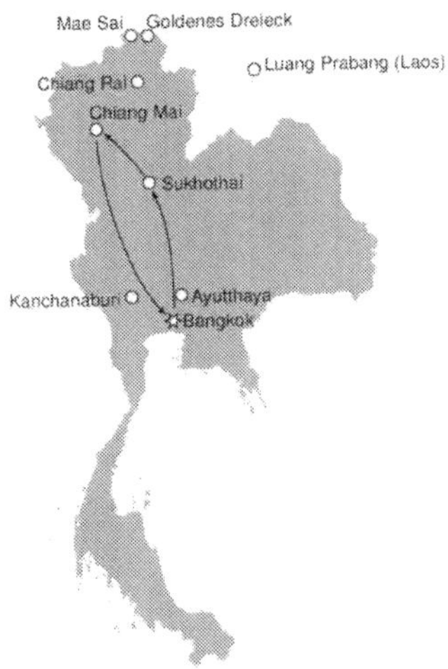

Intensives Sightseeing in Bangkok

Dein Sightseeing Trip beginnt mit der Ankunft in Bangkok, wo du die zahlreichen Tempelbauten (Wats), den Chao-Phraya-Fluss, die Straßen- und Nachtmärkte, das Regierungsviertel und viele weitere Sehenswürdigkeiten besichtigen kannst.

Nach ein paar Tagen brichst du auf nach Kanchanaburi und überquerst mit dem Zug eine der abenteuerlichsten Schienenverbindungen der Welt über den River Kwai.

Königreich Ayutthaya & Tempel in Sukhotai

Danach geht es für dich weiter ins alte Königreich nach Ayutthaya und zu den Tempeln in Sukothai. Von dort aus führt dich dein Weg nach Chiang Mai. Genieße den herrlichen Ausblick auf den pompösen Doi Suthep. Natürlich dürfen in deinem Sightseeing Trip das Goldene Dreieck und der Mekong nicht fehlen. Also buchst du am besten in einem Reisebüro vor Ort einen Tagesausflug zum Goldenen Dreieck. Perfekt kombinieren kannst du den Ausflug mit einem Zwischenstopp beim Weißen Tempel in Chiang Rai, dem Besuch eines Bergvolks, einem kurzen Abstecher nach Laos inklusive einer Bootsfahrt über den Mekong und zur Grenze nach Myanmar in die Stadt Mae Sai.

Zusätzlich lässt sich dieser Trip mit einer Erkundungstour in den Osten erweitern, beispielsweise mit einer mehrtägigen Schiffsfahrt von Thailand über den Mekong nach Laos in die Stadt Luang Prabang.

Reiserouten Drei starke Trips

Dein Hangover Trip

Trip: Start: Bangkok | Ende: Koh Samui
Dauer: 2-4 Wochen | Budget: ~ 1000 €

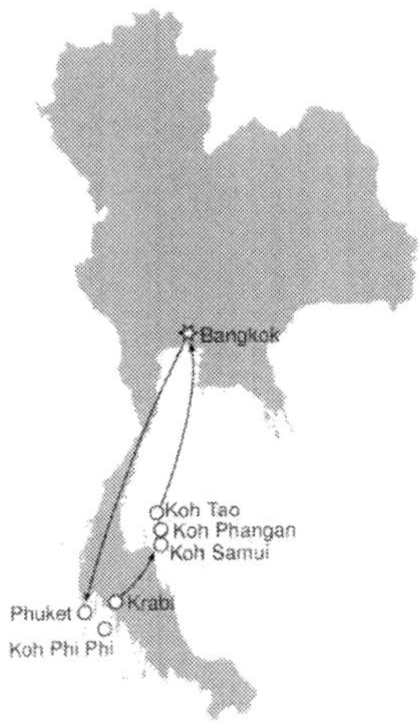

Die Khao San Road

In Bangkok angekommen gehst du zuallererst in die Khao San Road. Ladyboys, Ping-Pong-Shows, verrückte Typen, dubiose Ecken und vieles mehr erwarten dich dort! Nach einigen Tagen Sause suchst du eine kurze Verschnaufpause. Also ab in den Flieger nach Phuket.

Dort erholst du dich in einem Fünf Sterne Hotel und lässt deine Seele baumeln.

Songkran-Festival

Es geht weiter nach Koh Phi Phi. Bestenfalls kommst du dort zum Songkran-Festival an, dann gibt es kein Halten mehr und die Menschen tanzen schon früh morgens wild durch die engen Gassen. Auch ohne Songkran ist Koh Phi Phi eine erstklassige Adresse, um abfeiern zu können. Anschließend empfehle ich ein paar entspannende Tage auf Koh Samui.

Die Full-Moon-Partys

Auf Koh Phangan hingegen erwartet dich eine der berühmt-berüchtigten Full-Moon-Partys. Zum Abschluss schnorchelst oder tauchst du in Koh Tao. Mit der Fähre gelangst du wieder nach Koh Samui, um mit dem Flugzeug über Bangkok zurück in die Heimat zu fliegen. Good Luck und komm heil wieder zurück von diesem abgefahrenen Trip!

Impfungen

Ärzte müssen jeden auf die Risiken hinweisen. Doch welche Impfungen sind wirklich relevant und auch absolut notwendig? Folgende Impfungen habe ich damals bekommen*:

- Hepatitis A
- Typhus
- Tollwut (3 Impfungen in 4 Wochen)

Dennoch solltest du dich unbedingt von einem Arzt beraten lassen. Bitte plane diesen Besuch bereits ein paar Monate vor deinem Abflug ein, da gewisse Impfungen öfter durchgeführt oder Impfstoffe erst noch bestellt werden müssen.

**Diese Auflistung stellt keine rechtlich verbindliche Auskunft dar!*

Visum

Du erhältst bei der Einreise automatisch ein Touristenvisum mit einer Gültigkeitsdauer von 30 Tagen. Diese Erlaubnis wird oftmals bereits im Flugzeug von der Flugbegleitung ausgeteilt. Ansonsten bekommst du sie spätestens bei deiner Ankunft vor der Einreisekontrolle.

Zusätzlich sollte dein Reisepass noch sechs Monate gültig sein und mindestens eine freie Seite bereithalten.

Auch solltest du die nötigen Dokumente für deinen Rück- bzw. Weiterflug mitführen, falls Rückfragen zu deinem genauen Aufenthalt bestehen.

Für eine längere Aufenthaltsgenehmigung beantragst du am besten schon im Voraus ein längerfristiges Visum beispielsweise über Visafix oder direkt bei einer thailändischen Botschaft.

Auslandskrankenversicherung

Eine Auslandskrankenversicherung ist enorm wichtig und garantiert dir auch im Urlaub eine gute Versorgung im Notfall. Es gibt sehr viele Anbieter, wobei sich die meisten kaum voneinander unterscheiden. Bei einem Zeitraum von bis zu sechs bzw. acht Wochen schließt du eine Auslandskrankenversicherung durch eine einmalige Zahlung für ein komplettes Jahr ab.

Solltest du hingegen länger unterwegs sein, empfehle ich dir, die Angebote genauer zu überprüfen. Dabei nutze ich entweder den Tarifvergleich von Check24 oder von Reisepolice24, um einen ersten Eindruck zu gewinnen.

Anbieter für Langzeitreisen:

In den letzten Jahren haben sich dabei folgende Anbieter durch ihr gutes Preis-Leistungs-Verhältnis bewährt:

Hanse Merkur | LVM | Würzburger

Steckdosen-Adapter

Du benötigst keinen Reise-Adapter. Alle gängigen europäischen und zumeist amerikanischen Reisestecker werden von den thailändischen Steckdosen angenommen.

Trekking- & Tagesrucksack

Zwei gute Rucksäcke sind sehr wichtig für deine Reise. Spare dabei nicht an Qualität, denn du wirst zum einen den Trekkingrucksack von einer Unterkunft zur nächsten schleppen müssen und zum anderen wird dich dein Tagesrucksack auf fast jedem Ausflug begleiten.

Die Wahl des richtigen Trekkingrucksacks hängt von deiner Körpergröße ab. Ich habe mich damals für einen 60 Liter großen Tatonka-Yukon-Rucksack entschieden, weil die Größe perfekt zu meinem Körperbau und meiner Körperlänge von 178 cm passt. Durch die vielen Reißverschlüsse ist er zudem sehr praktisch beim Ein- und Auspacken. Auch der Tragekomfort ist hervorragend und der Regenüberzug inklusive.

Dennoch gibt es günstigere Alternativen, die vollkommen ausreichen. Du findest zahlreiche Angebote auf amazon.de. Dort gibt es zudem viele gute Tagesrucksäcke. Bei einem sogenannten Daypack ist der Tragekomfort sehr wichtig, da du mit ihm die meiste Zeit unterwegs sein wirst.

Geld wechseln & Kreditkarte

Die Tauschkurse in Thailand sind um einiges besser als bei uns zu Hause. Deswegen pack nur ein paar Euro-Scheine ein und tausch sie bei deiner Ankunft am Flughafen gegen thailändische Baht ein. Unterwegs kommst du bestens mit einer Kreditkarte klar. Im ganzen Land sind öffentliche Geldautomaten - ATM genannt - aufgestellt. Dort kannst du mit deiner Kreditkarte Geld abheben. Die Kosten belaufen sich meist auf 150 Baht pro Abhebung.

Viele Reisende nutzen dabei das Angebot der DKB, weil du mit dieser Karte weltweit kostenfrei Geld abheben kannst und somit viele Gebühren sparst!

Packliste Perfekt vorbereitet

Kleidung

- ☐ 8 T-Shirts
- ☐ 1 lange Hose
- ☐ 1 Pullover
- ☐ 2 - 3 kurze Hosen
- ☐ 2 Badehosen
- ☐ Unterhosen
- ☐ Kurze Socken
- ☐ Feste Schuhe
- ☐ Flipflops
- ☐ Sonnenbrille

Packliste Perfekt vorbereitet

Hygiene

- ☐ 2 Mikrofaser Reisehandtücher | Übrigens auch erhältlich auf www.booktrip.de
- ☐ 1 Strandtuch
- ☐ Kulturbeutel
- ☐ Nagelpflegeset
- ☐ Reise-Apotheke
- ☐ Taschen- & Desinfektionstücher
- ☐ Reisewaschmittel „Rei in der Tube“
- ☐ Sonnencreme / After Sun
- ☐ Anti-Moskito-Spray
- ☐ Kontaktlinsen / -mittel (Brille)

Packliste Perfekt vorbereitet

Finanzen

- ☐ 2 Geldbörsen
- ☐ 2 Kreditkarten
- ☐ Etwas Bargeld in €
- ☐ Etwas Bargeld in $*
- ☐ Telefonnummer der Bank

** für mögliche Weiterreisen in andere Länder, um das Visa on Arrival zu bezahlen.*

Packliste Perfekt vorbereitet

Technik

- ☐ Taschenlampe
- ☐ Smartphone & Zweithandy
- ☐ Kompaktkamera / Spiegelreflex
- ☐ Unterwasserkameratasche
- ☐ eBook-Reader / Tablet
- ☐ Kopfhörer
- ☐ USB-Stick / SD-Speicherkarte
- ☐ Ladekabel
- ☐ Optional: externe Festplatte
- ☐ Optional: kleines Notebook

Packliste Perfekt vorbereitet

Unverzichtbar

- ☐ Ohrenstöpsel
- ☐ Taschenmesser / Klapp-Besteck
- ☐ Feuerzeug / Streichhölzer
- ☐ Notizblock + Kuli
- ☐ Vorhängeschloss
- ☐ Dry Bag / Kompressionsbeutel
- ☐ Mini-Schlafsack / Inlet
- ☐ Wäscheleine / Wäscheklammern
- ☐ Karten / kleine Spiele
- ☐ 1/2 Rolle Toilettenpapier

Packliste Perfekt vorbereitet

Dokumente

- ☐ Reisepass
- ☐ Krankenversicherung
- ☐ Impfausweis
- ☐ Buchungsbestätigungen / Tickets
- ☐ Notfallrufnummer
- ☐ Internationaler Führerschein
- ☐ Passfotos
- ☐ Optional: Tauchschein
- ☐ Optional: Studentenausweis

Eine Packliste für Frauen findest du auf Carinas Reiseblog Pink Compass.

Von A nach B Fortbewegung

Sowohl in Sachen Netzabdeckung des Mobilfunks als auch bei den Verkehrsverbindungen befindet sich der thailändische Standard auf einem hohen Level. Nachfolgend beschreibe ich die wichtigsten Verkehrsmittel, damit du dir die perfekte Fortbewegungsart herauspicken kannst.

Transfer am Airport in Bangkok

Am billigsten kommst du vom internationalen Flughafen Suvarnabhumi ins Zentrum Bangkoks mit einer der beiden „Airport Rail Link (ARL)"-Bahnlinien. Dabei hast du die Möglichkeit zwischen der Airport Express Line (bis zum Bahnhof Makkasan) und der Airport City Line (bis zum Bahnhof Phaya Thai). Beide Züge verkehren zwischen 6 und 24 Uhr im zweistelligen Minutentakt.

Flugzeug

Mit dem Flugzeug legst du am schnellsten längere Strecken zurück. Vor Ort buchst du relativ günstig mithilfe von Apps, in den unzähligen Reisebüros oder direkt am Flughafen deine Flüge. Der Suvarnabhumi International

Airport in Bangkok gilt als zentraler Flughafen in Südostasien.

Zug

Der Zug stellt eine sehr günstige und abwechslungsreiche Alternative zu den anderen Verkehrsmitteln dar. Aus meiner Sicht nimmst du den Zug für kürzere Strecken von ein bis drei Stunden in Anspruch und steigst für längere Distanzen auf den Nachtzug um.

Fähre

Gewöhnlich erreichst du die Inseln mit den Fähren. Auf einige Inseln kannst du noch per Flugzeug oder Longtail-Boot gelangen. Die hiesigen Fähren sind kostspielige Transportmittel. Umso mehr Inseln du einplanst, desto höher sollte dein Tagesbudget sein. Für ein- bis zweistündige Fahrten musst du je nach Strecke etwa zwischen 300 und 600 Baht kalkulieren.

Von A nach B Fortbewegung

Bus

Auf vielen Langstrecken in Thailand werden für Touristen Reisebusse eingesetzt. Damit kommst du schneller und bequemer vorwärts als mit dem Zug, dafür zahlst du aber auch ein wenig mehr.

In den Städten sind einheimische Busse eine kostengünstige Alternative. Dabei steigst du in den Bus ein und wartest, bis der Schaffner vorbeikommt, um dir ein Ticket zu verkaufen.

Minibusse

Minibusse werden besonders auf touristischen Verbindungen eingesetzt. Bis zu zwölf Reisende exklusive Busfahrer können mitfahren. Minibusse stellen oft die schnellste Möglichkeit dar, um im Landverkehr von A nach B zu gelangen. Preislich liegen sie leicht über den Touristenbussen. Wenn du also lieber dynamisch und komfortabel unterwegs sein willst und dich der höhere Preis nicht abschreckt, sind Minibusse die richtige Wahl für dich.

Von A nach B Fortbewegung

Aufpassen!

An den meisten Bahnhöfen kannst du dein Gepäck für geringes Geld aufbewahren. Bitte pack dabei deine Wertsachen in deinen Daypack um oder trag sie am Körper. Lass deine Wertsachen bei Fahrten mit Bus oder Fähre niemals unbeaufsichtigt.

Tuk-Tuks

Tuk-Tuks sind motorisierte, dreirädrige Rikschas. Der Fahrer sitzt dabei vorne am Steuer und auf der Rückbank ist Platz für 2-3 Personen. Im Gegensatz zu Taxis sind sie kleiner und wendiger, dadurch kommst du in den Städten oftmals schneller an dein Ziel.

Taxis und Songthaews (Sammeltaxis)

Taxis solltest du nicht zur Rushhour verwenden. Als preisliche Alternative bieten sich Sammeltaxis an. Das sind Pritschenwagen bzw. Kleinbusse, auf deren Ladefläche Bänke zum Sitzen angebracht wurden.

Von A nach B Fortbewegung

Longtail-Boote

Diese bieten in Bangkok zusammen mit den anderen kleinen Schiffen eine wichtige Alternative zum städtischen Verkehrschaos. Etwas seetauglich sollte man schon sein, denn die Wasserströmung lässt das Boot ordentlich durch das Gewässer schwappen.

Roller und Motorrad

Diese Fortbewegungsmittel kannst du in deiner Unterkunft oder im Reisebüro buchen. Da in Thailand Linksverkehr und oft Chaos auf den Straßen vorherrschen, fährst du entspannter in den verkehrsarmen Regionen, wie beispielsweise in den Bergen in Thailands Norden oder auf den Inseln wie Koh Lanta oder Koh Phangan.

Skytrain & Metro

In Bangkok hast du in den Stoßzeiten die Möglichkeit, dich per Skytrain (BTS) und Metro (MRT) fortzubewegen. Die App „Transit TH – Bangkok“ verschafft dir einen schnellen Überblick.

Verhandeln & Taxameter

In Touristenstädten verlangen die Fahrer von Tuk-Tuks hohe Fahrgebühren. Du solltest immer feilschen! Dagegen solltest du bei Taxi-Fahrten auf einen Taxameter bestehen! Mehr im Bereich Kosten & Budget.

Internet & Mobilfunk

Internet in Thailand

In Thailand findest du ein großes Angebot an WLAN vor. In zahlreichen Bars, Cafés und auch in vielen Unterkünften wird Wireless Internet umsonst bereitgestellt. Dabei hängt die Qualität extrem von der Region ab. Grundsätzlich ist Thailand aber in diesem Sektor hervorragend ausgestattet.

So bekommst du deine SIM-Karte

Dazu gehst du am besten in den nächsten Supermarkt (z. B. 7Eleven) und kaufst direkt an der Kasse deine eigene SIM-Karte. In Thailand gibt es drei große Anbieter, wobei der größte AIS heißt.

Zweithandy kann nützlich sein

Dies hat den Vorteil, dass du die thailändische SIM-Karte in dein Zweithandy einbauen kannst und dein Smartphone nur im WLAN-Bereich in den Unterkünften nutzt. Dadurch eliminierst du die Kostenfalle Datenroaming im Ausland.

Essen und Trinken Thai Küche

Thailand ist weltweit bekannt für seine kulinarische Vielfalt und das leckere Essen. Ein Gaumenschmaus sind die verschiedenen Currys und das traditionelle Nationalgericht Pad Thai. Das Klischee des scharfen Essens bestätigt sich nicht immer. Das kommt darauf an, wo und wie du deine Mahlzeit bestellst. Die Gerüchte über frittierte Insekten, Fledermäuse und weitere exotische Speisen treffen jedoch teilweise zu.

Pad Thai: Thailands Nationalgericht

Das Pad Thai musst du unbedingt probieren! Ein herrliches Gericht, bestehend aus Reisnudeln, Frühlingszwiebeln, Sojasprossen, Eiern und wahlweise Hühnerfleisch, Garnelen oder Tofu. Meist wird dazu eine Limettenscheibe gereicht! Dabei dürftest du feststellen, dass es je nach Region etwas anders schmeckt.

Hinweis! Auf unserem Youtube-Kanal „Booktrip“ kannst du ein Video finden, wie das thailändische Nationalgericht Pad Thai in wenigen Minuten gekocht und serviert wird. Übrigens kostet eine Portion Pad Thai gerade einmal ein bis zwei Euro bei den Straßenverkäufern.

Die Curry-Vielfalt

Thailand bietet dir eine unglaubliche Vielfalt an tollen Curry-Gerichten. Dabei ist die grüne Paste die schärfste. Das Thai Curry ist das wohl uns bekannteste. Zusätzlich zu diesen Variationen findest du oftmals auf der Speisekarte das milde Panaeng und würzig-scharfe Massaman Curry.

Einheimisches Essen

Besonders lecker und billig ist das Essen auf den Märkten, was zumeist schärfer gewürzt ist als in Restaurants. Solltest du hingegen kein Fan von Reis, Curry und scharfem Essen sein, musst du trotzdem nicht verhungern! Die Thais haben sich längst auf die Touristen eingestellt und bieten auch Pizza, Pasta und Co. an.

Essen und Trinken Thai Küche

Fisch und Suppe

Da Thailand an zahlreichen Gewässern liegt, sind die Preise für frischen Fisch sehr günstig. In vielen Restaurants am Strand kannst du dir einen frisch gefangen Fisch aussuchen, bevor er exklusiv für dich zubereitet wird. Des Weiteren kannst du vor Ort tolle Suppen schlürfen. Die wohl bekannteste Suppe heißt Tom Yam Gung.

Bier und Fruit Shake

Das Bier ist fester Bestandteil der thailändischen Kultur. Eine Lieblingssorte der Thai ist das Chang-Bier, das u. a. in der Provinz Ayutthaya produziert wird. In Thailand bekommst du das Chang Classic eingeschenkt, das einen hohen Alkoholgehalt von 6,4 % aufweist. Auf der alkoholfreien Seite solltest du dir besonders am Morgen einen Fruit Shake bestellen. Ob Mango oder Ananas, sie schmecken einfach alle gut und geben dir einen tollen Start in den Tag.

Essen und unsauberes Wasser

Normalerweise sind die meisten Gerichte sehr bekömmlich. Vorsichtshalber solltest du auf den Verzehr von rohem Fleisch verzichten und aufpassen, wie die Speisen zubereitet werden. Leider wird des Öfteren mit verunreinigtem Wasser gekocht, wodurch du dir leicht den Magen verderben kannst. Zusätzlich solltest du bei Salat und bereits aufgeschnittenen Früchten aufpassen, da diese mit verunreinigtem Wasser in Verbindung gekommen sein könnten.

Beim Trinken ist es einfacher, indem du Eiswürfel im Getränk weglässt, auf Leitungswasser verzichtest und bevorzugt verschlossene Getränke zu dir nimmst.

Mach dich nicht verrückt!

Du solltest dir aber trotzdem nicht zu viele Gedanken wegen der Sauberkeit machen! In Südostasien herrschen einfach andere Hygienestandards vor.

Unterkünfte Hütte vs. Hotel

Thailand ist insbesondere wegen des ausgezeichneten Preis-Leistungs-Verhältnisses bei Reisenden beliebt. Dabei bieten sich dir sowohl im Luxus- als auch Billigsegment viele Optionen. Vom Sternehotel über Guesthouses bis hin zu einfachen Bambushütten wirst auch du deine Ansprüche befriedigen können.

Hostel

Hostels eignen sich am besten für Allein- und Budgetreisende, weil du einerseits schnell Anschluss findest und andererseits durch die Dorm Rooms (Gemeinschaftsunterkünfte) sehr viel Geld sparst. Die Qualität der Hostels ist sehr unterschiedlich. Bei manchen dürftest du von dem wahnsinnig guten Preis-Leistungs-Verhältnis erstaunt sein, während du dich bei anderen vielleicht wunderst, wieso dort überhaupt jemand schlafen will.

Bambushütte

Ich mag diese Art der Unterkunft. Bambushütten geben einem das Gefühl von Abenteuer, Freiheit und Wildnis. Als würdest du eins werden mit der Natur und deine

Nachbarn hießen jetzt Affe Tom, Gecko Hans und Elefant Rudi.

Guest House

Guest Houses unterscheiden sich nur gering von Hostels. Der Unterschied liegt in der meist etwas besseren Ausstattung und dem größeren Angebot an Doppelzimmern zu Mehrbettzimmern. Trotzdem stellen Guest Houses eine kostengünstige und empfehlenswerte Option dar.

Couchsurfing & Airbnb

Couchsurfing oder Airbnb entwickelt sich immer mehr zum Trend. Auf den verschiedenen Plattformen stößt du laufend auf gute Angebote. Falls du längere Zeit an einem Ort verbringen möchtest, findest du hier sehr preiswerte Alternativen.

Hotel

In Thailand findest du sehr gute Hotels vor, die sich zumeist als Luxusanlagen auszeichnen und bei denen du für relativ wenig Geld ein riesiges Zimmer bekommst. In der Regel gehören eine große Poolanlage, eine geringe Entfernung zum Strand (zumindest im Süden) und weitere exklusive Angebote dazu.

Mein persönlicher Anspruch

Zunächst solltest du für dich selbst entscheiden, wie viel du bereit bist, auszugeben. Falls du noch keine Vorstellung über deine zu erwartenden Ausgaben hast, findest du alle relevanten Informationen im Kapitel Kosten & Budget wieder.

Geld sparen

Bei vielen Schnäppchen-Portalen im Internet bekommst du oftmals unschlagbare Angebote für Hotels präsentiert. In der Nebensaison sind die Unterkünfte teilweise bis zu 50 Prozent billiger als in der Hauptsaison. Dafür schließen leider einige Betreiber ihre Türen in der Nebensaison, was deine Auswahlmöglichkeiten verringert.

Bonus-Tipp! Vor Ort buchen ist oftmals billiger!

Aktivitäten Let's have fun!

Tauchen & Schnorcheln

Der Andamanensee sowie der Golf von Thailand bieten hervorragende Tauchspots. Eine der besten Adressen sind die Similan Islands. Sie bieten nicht nur bezaubernde Strände, sondern auch eine wunderschöne Unterwasserwelt. Weitere tolle Gebiete findest du rund um die Inseln Koh Lanta, Koh Phi Phi und Koh Tao. Falls du deine einzigartigen Momente mit der Kamera festhalten willst, empfehle ich dir den Kauf dieser günstigen Unterwasserkameratasche für deine Digitalkamera.

Eine hilfreiche Website, um detaillierte Informationen in Erfahrung zu bringen, bietet dir Schöner Tauchen an. Den Tauchgang buchst du vor Ort am besten in einer der zahlreichen Tauchschulen oder über ein ortsansässiges Reisebüro.

Trekking in Nationalparks

Die Nationalparks bilden eine willkommene Abwechslung, um sich zu entspannen oder zu wandern. Oftmals werden geführte Trekking-Touren angeboten. Der Vorteil dabei: Du behältst den Überblick und kannst dich nicht verlaufen. In solchen Fällen sind zumeist Übernachtung, Abendessen und Frühstück im Gesamtpaket enthalten.

Im Allgemeinen finden die Wanderungen in kleinen Gruppen statt und sind nur unwesentlich teurer als der selbst geplante Ausflug.

Die Touren buchst du bei einem Reisebüro vor Ort. Alternativ kannst du den Nationalpark eigenständig erkunden. Am Eingang bekommst du Übersichtskarten und Auskunft über die auf deine Person zugeschnittene Route.

Kickboxen / Muay Thai

Kickboxen ist eine der anstrengendsten Kampfsportarten der Welt. Besonders das sogenannte Muay Thai gilt als Nationalsportart und ist in Thailand überaus beliebt. Falls du mutig genug bist, kannst du an einem Training teilnehmen und selbst diese Kampfsportart erlernen.

Ansonsten gibt es noch die Möglichkeit, einem Box-Event beizuwohnen. Die Thais machen auf derartige Kämpfe durch Flyer aufmerksam, die oft in Restaurants, Bars, Kneipen und Hostels ausliegen.

Aktivitäten Let's have fun!

Bambusfloß fahren

Eine Floßfahrt gehört dazu! Das Besondere ist für die Thais nicht die Fahrt an sich, sondern vielmehr das gesellige Zusammenkommen, quasi eine Art Picknick am Fluss. Teilweise sind nebenan Restaurants entstanden, bei denen du lecker essen gehen kannst! Manchmal bieten dir sogar Einheimische an, bei ihnen Platz zu nehmen und kostenlos an ihrem Mahl teilzunehmen.

Thai-Massage

Gibt es etwas Schöneres als eine Massage nach einem anstrengenden Tag? In Thailand steht vor allem die Thai-Massage hoch im Kurs, bei der du von oben bis unten durchgeknetet wirst. Auch Angebote für den Rücken, die Füße, die Beine sowie das Gesicht findest du in den zahlreichen Massagesalons. Insbesondere das sehr gute Preis-Leistungs-Verhältnis ist hervorzuheben! Zudem sind im Norden des Landes die Massagen um einiges billiger als im Süden.

Klettern / Bouldern

Du bist begeisterter Kletterer? Hast du Lust einen aus dem Meer herausragenden Kalksteinfelsen zu erklimmen? Dann ab nach Krabi zum Railay Beach!

Dort gibt es viele dieser Felsen, die von dir erklommen werden möchten. Aber bitte sei vorsichtig: Die Gesundheit ist unser höchstes Gut!

Elefantenreiten

In Thailand leben etwa 4.500 - 5.500 Elefanten. Seit dem Rodungsverbot im Jahre 1989 können die Elefanten in Thailand nicht mehr als Arbeitstiere eingesetzt werden. Daraufhin wurden viele Elefantencamps gegründet, um den Touristen das Reiten auf einem Elefanten anzubieten. Mittlerweile gibt es circa 20 Camps.

Davon kann ich dir besonders den Anbieter Elephant Special Tours von Bodo Jens Förster empfehlen, da die artgerechte Tierhaltung bei ihm einen großen Stellenwert genießt!

Welche Kosten kommen auf mich zu?

Thailand selbst ist eines der preiswertesten Länder für Individualreisende. Bevor du beginnst, dein Reisebudget zu planen, solltest du dich um einen günstigen Flug kümmern. Leider sind die Flüge aufgrund der großen Entfernung nicht ganz billig, jedoch kannst du mit Reisesuchmaschinen einen attraktiven Preis ergattern.

Manchmal findest du auf diesen Reiseportalen sehr preiswerte Tagesspecials unter 500 Euro. Die Adressen der besten Reisesuchmaschinen und -portale habe ich dir in der Rubrik Apps und Medien hinterlegt. Die anfallenden Kostenarten habe ich nachfolgend in Kategorien klassifiziert:

Essen & Trinken

Essen und Getränke sind im Allgemeinen sehr günstig in Thailand. Ein Pad Thai bekommst du schon ab 30 Baht. Etwas Gemüse mit Hühnchen und Reis ab 40 Baht aufwärts. Deine Ausgaben für Essen hängen stark von der Region und Lokalität ab. Generell ist der Norden günstiger als der Süden. Sparen kannst du beim Essenseinkauf auf der Straße, auf Märkten oder in einfachen Gaststätten. Die Preise für Getränke sind bei einheimischen Produkten günstig. Einzig alkoholische und importierte Getränke können etwas kostspieliger sein. Ein Bier oder Softgetränk kostet rund 40 Baht aufwärts.

Unterkunft

Bei den Unterkünften richtet sich der Preis nach deiner Anforderung. Am billigsten übernachtest du in Dorm Rooms (Gemeinschaftsräumen) ab 100 Baht. Für ein Doppelzimmer im Hostel gibst du etwas weniger aus als für ein Zimmer in einem Guesthouse.

Die Preise liegen hierfür zwischen 300 und 800 Baht. Solltest du noch komfortabler nächtigen wollen und Hotels bevorzugen, können sich deine Ausgaben pro Tag schnell erhöhen.

Verkehrsmittel

Low-Budget-Reisende bevorzugen den Bus oder Zug. Die Nutzung von Minibus, Taxi oder Flugzeug erhöht deinen Komfort, jedoch auch deine Ausgaben. Das Inselhopping bleibt dagegen teuer, weil du auf die Fähren angewiesen bist. Falls du vorhast, viele Inseln zu besuchen, plane etwas mehr Budget ein.

Aktivitäten

Thailand ist ein Paradies für Ausflüge und aufregende Unternehmungen. Zum Beispiel kannst du an den Kalksteinfelsen in Ao Nang und Railay klettern oder an einem der vielen tollen Spots im Andamanensee oder Golf von Thailand tauchen bzw. schnorcheln gehen. Weitere interessante Aktivitäten wie Trekking in den Bergen oder in einem der zahlreichen Nationalparks, Elefantenreiten, Bambusfloß fahren, feiern auf einer Full-Moon-Party oder einfach nur relaxen am Strand gehören zum Tagesprogramm. Deine Ausgaben richten sich dabei ganz nach deiner eigenen Unternehmungslust!

Sonstiges

Unter diesen Punkt fallen alle weiteren Kosten. Thailand ist zum Beispiel prädestiniert für den Kauf von billigen Zigaretten und maßgeschneiderten Anzügen bzw. Kleidern. Bei jeder Geldabhebung wird deine Kreditkarte zusätzlich mit 150 Baht, teilweise sogar 180 Baht, belastet. Darüber hinaus solltest du noch ein paar Scheinchen für ausgiebige Shoppingtouren und Souvenirkäufe auf den zahlreichen Märkten berücksichtigen.

Kosten & Budget Preis - Leistung

		Budget-Reisender	Normal-Reisender	Luxus-Reisender
Essen & Trinken	bevorzugt:	Streetfood & Märkte	Märkte & Restaurants	Restaurants
	Ausgaben pro Tag:	150-250 THB	200-600 THB	500 THB+
Unterkunft	bevorzugt:	Dorm Rooms & Hostels	Hostels & Guest Houses	Guest Houses & Hotels
	Ausgaben pro Tag:	100-350 THB	300-800 THB	800 THB+
Verkehrs-mittel	bevorzugt:	Zug, Bus und zu Fuß	Auch mal das Flugzeug	Schnelle Verkehrsmittel
	Ausgaben pro Tag:	100-150 THB	150-400 THB	300 THB+
Aktivitäten	bevorzugt:	Aktivitäten auf eigene Faust	Ab und an organisierte Touren	Organisierte Unternehmun-gen
	Ausgaben pro Tag:	200-400 THB	400-600 THB	600 THB+
Sonstiges	z.B. Ziga-retten, Anzug, Gebühren	100 THB	200 THB	400 THB+
Budget pro Tag in THB		650-1250	1250-2600	2600 +
Budget pro Tag in Euro		15-30 €	30-65 €	65 €+

Budget-Reisender

Als Budget-Reisender achtest du sehr auf deine Ausgaben. Du kaufst das Essen von preiswerten Straßenständen, auf Märkten oder in einfachen Lokalitäten, aber ohne auf eine gewisse Qualität zu verzichten. Hostels, Dorm Rooms und weitere günstige Unterkünfte nennst du dein Zuhause und fühlst dich sehr wohl dabei.

Da Budget-Reisende abenteuerlustig sind, reisen sie bereitwillig in Zügen, einheimischen Bussen, lieben Tuk-Tuks und schrecken nicht einmal vor wagemutigen Zweiradgefährten zurück. Die Ausflüge werden meist ohne einheimischen Reiseführer geplant, stattdessen geht alles auf eigene Faust mit dem klaren Fokus auf das Abenteuer. Dazu gönnst du dir gerne kostengünstige Massagen in einem Salon.

Schlussendlich kehrst du mit vielen Eindrücken in deine Heimat zurück und bist zufrieden, dass in deinem Geldbeutel noch ein paar Baht-Scheinchen als Erinnerung stecken.

Normal-Reisender

Als Normal-Reisender legst du beim Essen auf saubere Lokale wert, schreckst aber auch nicht vor Essenskäufen an einem vertrauenswürdigen Marktstand zurück. In einer Strandbar bist du bereit, auch mal eine Runde zu spendieren, ohne dabei über dein persönliches Tagesbudget nachzudenken.

Gerne tauschst du ab und zu mal dein Hostel-Zimmer gegen ein etwas kostspieligeres Bett in einem netten Guesthouse oder Hotel. Für längere Strecken entscheidest du dich spontan für ein bequemes Bett im Nachtzug oder einen Sitzplatz im Flugzeug. Ein maßgeschneiderter Anzug oder ein tolles Kleid wird mit nach Hause genommen. Einheimische Reiseleiter sind okay, wenn die Zeit intensiv genutzt wird. Schließlich hast du nur ein paar Wochen gebucht.

Generell kommst du in Thailand als Normal-Reisender hervorragend zurecht und musst dir grundsätzlich fast keine Gedanken über die Einhaltung deines Tagesbudgets machen.

Luxus-Reisender

Als wohlhabender Reisender verspeist du deinen frischen Fisch am liebsten in einem teuren Restaurant und gönnst dir dort auch öfter mal ein Drei-Gänge-Menü. Mit einem Glas französischen Weins in der Hand genießt du die Aussicht auf das Meer und den Sonnenuntergang.

Die Hostels sind eher nicht dein Milieu, denn du liebst es komfortabel und großzügig in einem Hotel mit dem (zufälligen) Upgrade ins Executive-Zimmer. Der dazugehörige Privatstrand lädt dich zum Bräunen ein, und wenn dir langweilig wird, schnappst du dir ein Speedboot, mit dem du über die hohen Wellen im Meer jagst. Als passionierter Taucher gehst du den Touristenmassen aus dem Weg und tauchst in Ruhe in die inspirierende Unterwasserwelt ein.

Zusammengefasst lebst du für viele einen Traum! Doch in Thailand ist dieser absolut realistisch und bezahlbar! Deswegen ist es gar nicht so unwahrscheinlich, als Luxus-Reisender dort unterwegs zu sein.

Das Lächeln

Strahlende Gesichter und dieses ständige Lächeln – ja, das sind meine Bilder im Kopf, wenn ich an die schöne Zeit in Thailand zurückdenke! Die Thailänder sind ein sehr warmherziges und frohes Volk. Das Leben genießen und sehr viel „Sanuk", also Spaß haben, ist ihnen von ungemeiner Bedeutung.

Jedoch darfst du nicht davon ausgehen, dass Thailänder immer gut gelaunt und glücklich sind. Ihr Lächeln kann auch eine ganz normale Reaktion der Verlegenheit, Unwissenheit sein oder an sonstigen Umständen liegen. Dabei ist ihnen sehr wichtig, dass sie in jeder Situation ihr Gesicht bewahren. Deswegen sieht man ihnen manchmal nicht an, ob sie verlegen sind oder es ihnen tatsächlich gut geht.

Buddha / Buddhismus

Der Buddhismus hat seine Wurzeln in Indien und ist derzeit die viertgrößte Religion der Erde. Die Glaubenslehren stammen von Siddhartha Gautama, der im 6.

Jahrhundert v. Chr. in Nordindien lebte und heute als „Buddha" („Erleuchteter") bezeichnet wird.

Das Ziel eines jeden Buddhisten besteht darin, durch Erleuchtung (Erwachen) den Zustand des Nirwanas, der Leidlosigkeit bzw. des Glücks, zu erlangen. Um dies zu schaffen, muss er in seinem Leben die Theorie der „Vier Edlen Wahrheiten" befolgen, die sich mit dem Leid im Leben aus vielen verschiedenen Sichtachsen beschäftigt.

Falls du weiterführende Informationen zu dieser komplexen, aber sehr spannenden und interessanten Religion wissen möchtest, dann empfehle ich dir den Kauf des folgenden Buches. Die uralten Weisheiten werden in diesem Buch geschickt mit modernen, lebensnahen Themen verknüpft.

Bergvölker

Ein Besuch bei einem der Bergvölker ist mittlerweile zu einer touristischen Attraktion geworden. Es gibt in Thailand sechs anerkannte Bergvölker: „die Karen, Lisu, Akha, Lahu, Mien und Hmong".

Das Volk der Karen bzw. die Gruppe Padaung, die auch Long Neck genannt wird, stellt die wahrscheinlich bekannteste Gruppierung dar. Durch Anbringen von dicken Metallringen am Hals wird dieser immer länger. Mit dem Älterwerden nimmt die Anzahl der Ringe zu und das Gesamtgewicht des Schmucks kann mehrere Kilogramm betragen.

Die Bergvölker stammen zumeist aus den Grenzstaaten China und Burma (Myanmar) und kamen Mitte des 19. Jahrhunderts nach Thailand. Nach diversen Verfolgungen sind sie mittlerweile von der thailändischen Regierung anerkannt.

Feste & Feierlichkeiten

Songkran (Thai-Neujahr)

Songkran wird das traditionelle Neujahrsfest aller Thai-Völker genannt. Es leitet sich vom thailändischen Mondkalender ab und ist somit nicht mit dem kalendarischen Silvester bzw. Neujahr zu vergleichen. Das Fest wurde mittlerweile auf den 13. bis 15. April jeden Jahres terminiert.

Warum ist es den Thais so wichtig?

Am Abend des 12. April werden die Häuser und Wohnungen ordentlich auf Vordermann gebracht. Es wird geputzt und geschrubbt, bis alles glänzt. Am Morgen des 13. Aprils ziehen die Familien in die Wats, um Essensgaben zu opfern. Am Nachmittag „wäscht“ man die Buddhafiguren durch Begießen mit Wasser. Nach dem Baden gibt es in vielen thailändischen Städten einen großen Umzug, damit alle Gläubigen die Statuen mit weiterem Wasser bespritzen können.

Basierend auf dieser Tradition hat sich ein moderner Trend entwickelt. Dabei bleiben weder die Thais noch die Touristen trocken, denn viele haben sich mittlerweile mit einer Wasserpistole oder einem Eimer voll Wasser gewappnet.

Mir wurde jedoch erst vor Ort bewusst, wie sehr dieses Land in Ekstase geraten kann. Um dir ein besseres Bild von diesem Ausnahmezustand zu geben, habe ich mein persönliches Video auf dem „Booktrip“-Youtube-Kanal hinterlegt. Viel Spaß beim Anschauen! Ich würde mich natürlich sehr über deinen Kommentar freuen!

Wichtige Feierlichkeiten

1. Januar	Westliches Neujahr
Januar/Februar	Chinese New Year
13. – 15. April	Songkran
November	Das Lichtfest „Loi Kratong“ zum Ende der Reisernte und Regenzeit
5. Dezember	Geburtstag des vorherigen Königs, Bhumibol Adulyadej

Sprache Die Landessprache Thai

Deutsch	Thai
Hallo	sàwàddee kráb, sàwàddee ká
Guten Tag	sàwàddee kráb, sàwàddee ká
Tschüss	bál láew ná kráb, bál láew ná ká
Auf Wiedersehen	la gòn kráb, la gòn ká
Ja	chái kráb, chái ká
Nein	mái chái kráb, mái chái ká
Danke	kòbkûn kráb, kòbkûn ká
Bitte!	mái bên rái kráb, mái bên rái ká
Prost!	chái yó
Entschuldigung	kô tód... kráb, kô tód... ká

Reicht mir Deutsch oder Englisch aus?

Es gibt in Thailand zwar sehr viele deutsche Auswanderer, jedoch reicht dir Deutsch alleine leider nicht aus. In den Touristenorten ist Englisch sehr verbreitet. Einzig bei den einfachen Leuten stellen selbst gute Englischkenntnisse manchmal eine Herausforderung dar.

Spätestens dann wird einem wieder klar, dass man mit Händen und Füßen meist auch das Ziel erreicht. Die Thais sind ein sehr geduldiges Volk und helfen dir gerne weiter. Also lass dich nicht abschrecken, falls deine Englischkenntnisse noch nicht so gut sind!

Wann verwende ich kráb bzw. ká?

Den Partikel kráb benutzen Männer am Schluss einer Redewendung; die Frauen verwenden dagegen aus Höflichkeit den Ausdruck ká.

Sicherheit & Politik Bedenken?

Kann ich bedenkenlos reisen?

Diese Frage stellen sich die meisten Menschen, bevor sie in ein fremdes Land aufbrechen. Auch in Thailand kannst du dich dem nicht entziehen. Hältst du aber einige kleine Sicherheitsregeln ein, wirst du ganz schnell merken, dass Thailand größtenteils ein sicheres Land mit unglaublich netten und hilfsbereiten Menschen ist.

Regeln, die du einhalten solltest:

- Vermeide Massenansammlungen
- Achte und ehre den König sowie Königsbilder, bspw. nicht auf Geldscheine treten
- Trage alle Wertsachen immer nah bei dir oder in deinem Tagesrucksack, beim Weiterreisen nie in deinem unbeaufsichtigten Rucksack oder Koffer
- kein Online-Banking in Internetcafés
- Meide dubiose Nachtmärkte in Seitengassen
- Passe bei Partys (v. a. bei Full-Moon-Partys) immer auf deine Getränke auf

Sicherheit & Politik Bedenken?

Weitere Regeln werde ich nicht aufstellen, denn hier handelt es sich um reine Vorsichtsmaßnahmen. Normalerweise kannst du bedenkenlos reisen.

Aus meiner Sicht liegt das größte Sicherheitsrisiko in den politischen Anfeindungen zwischen den Gelb- und Rothemden. Um die aktuellen innenpolitischen Spannungen besser einschätzen zu können, empfehle ich dir die Webseite des Auswärtigen Amtes. Die Themen werden dort laufend auf den neuesten Stand gebracht und geben dir so einen guten Anhaltspunkt über die momentane Lage vor Ort. Besonders seit dem Militärputsch im Mai 2014 und nach dem Tod vom thailändischen König, Bhumibol Adulyadej, am 13. Oktober 2016 rate ich dir, dich vor deiner Thailand Reise auf der Seite vom Auswärtigen Amt zu informieren:

http://www.auswaertiges-amt.de/DE/Laenderinformationen/00-SiHi/Nodes/ThailandSicherheit_node.html

Sicherheit & Politik Bedenken?

Grenzstaatliche Spannungen

Ab und zu kommt es zu Spannungen zwischen Thailand und den Grenzstaaten Myanmar, Kambodscha und den Islamisten im Süden an der Grenze zu Malaysia. Diese Konflikte haben sich in den letzten Jahren aber stark reduziert.

Um sicherzugehen, solltest du:

- bei angekündigten Demonstrationen das Regierungsviertel meiden,
- auf den Rat der Einheimischen hören
- und bei Spannungen im Land die Empfehlung des Auswärtigen Amtes lesen!

Dienstleistungen vor Ort

Seven Eleven

„Seven Eleven“ entspricht einer Supermarktkette in Thailand. Du findest die kleinen Supermärkte in jeder Ortschaft und auf jeder Insel wieder. Dort werden alle essenziellen Lebensmittel und weitere notwendige und brauchbare Produkte wie Tabak und SIM-Karten angeboten.

Die Supermärkte haben 24 Stunden an sieben Tagen die Woche geöffnet.

Wäscheservice

Viele Unterkünfte bieten einen Wäscheservice an. Meist zahlst du pro Kilogramm etwa 40 Baht. Du kannst also getrost ein paar deiner Klamotten zu Hause lassen und deine mitgenommenen Kleidungsstücke vor Ort öfter waschen lassen.

Sollte deine Unterkunft keinen Wäscheservice anbieten, findest du selbst im Zentrum kleinerer Ortschaft mit Sicherheit diverse Anbieter.

Dienstleistungen vor Ort

Touren buchen

Um Touren zu buchen, gehst du normalerweise in eines der zahlreichen Reisebüros. Du findest sie en masse in Thailand. Informiere dich vorab über deine Unternehmung und vergleiche die Preise mit anderen Reiseanbietern. Meist helfen dir die jeweiligen Aushänge vor den Büros. Dadurch erhältst du eine gute Preistransparenz und bestellst auch keine ungewollten Zusatztouren.

Apps & Medien Die Wichtigsten

Apps und Medien lohnen sich natürlich. Jedoch haben mittlerweile viele Unternehmen diesen Markt erkannt und überfluten ihn regelrecht mit eigenen Produkten.

Damit du dabei den Überblick behältst, empfehle ich dir nachfolgend nur hilfreiche Tools, die ich selber auf meiner Reise verwendet habe und die mir extrem weitergeholfen haben.

Apps & Websites

Flüge buchen

- **Skyscanner**
- **Momondo**
- **Kayak**

Unterkünfte

- **Booking.com**
- **Hostelworld**
- **Agoda**
- **Airbnb**

Karten, Pläne & Navigation:

In vielen Orten liegen in Unterkünften und Bars regionale Pläne aus, auf der die wichtigsten Straßen und Sehenswürdigkeiten eingezeichnet sind. Meist gibt es diese Karten gratis. Ansonsten kosten sie nur einen kleinen Bruchteil.

Hier noch drei empfehlenswerte Apps dazu:

- **Google Maps**
- **City Maps2Go**
- **Transit TH**

Reiseblogger

Phuketastic

Eine sehr umfangreiche Informationsquelle über Phuket von Sebastian Prestele.

Thaiminator

Jürgen Scholz informiert dich auf seiner Seite auf unterhaltsame Weise über Thailand.

Buch Backpacking

„No Worries: Backpacking für Einsteiger“

Ein tolles Buch von Patrick Hundt. Er ist einer der führenden deutschen Reiseblogger.

In seinem Buch beschreibt er auf einfache Art und Weise die große Herausforderung des Backpackings für Einsteiger.

Bonus Anekdoten von Peter

Run Run Casino

So wird eine Halle am Goldenen Dreieck genannt, die Gerüchten zufolge als illegales Casino verwendet wird. Da bei einer angekündigten Polizeikontrolle alle anwesenden Spieler ihr Hab und Gut hektisch zusammenpacken und vor der Polizei flüchten, hat man die Bezeichnung „Run Run Casino“ erfunden. Dieses Ereignis wird gerne von den Reiseführern erzählt. Ob es sich um eine wahre oder eine imaginäre Geschichte handelt, bleibt ein offenes Geheimnis.

If you lose your husband, you lost your ATM!

Die Bezeichnung „ATM“ entspricht einem Geldautomaten. Damit bedeutet der gern genommene Spruch, dass jede Frau gut auf ihren Mann aufpassen soll, um ihn in den Touristenmassen nicht zu verlieren. Ansonsten würde leicht der spendable Geldgeber verloren gehen.

T-Shirts wie „SAME SAME“

Die T-Shirts in Thailand sind legendär. Eines der bekanntesten ist jenes mit dem Aufdruck „SAME SAME“.

Wie man vielleicht schon erahnen kann, steht „SAME SAME“ für die Zustimmung auf eine Frage oder der gleichen Meinung sein.

Nationalhymne

In vielen Orten erklingt zweimal täglich die Nationalhymne aus den Lautsprechern. Um 8 und um 18 Uhr steht dann für kurze Zeit das ganze Land still. Selbst die Menschen auf den Märkten verharren ruhig an Ort und Stelle und bleiben stolz stehen.

DO & DON'T

Grafische Highlights setzen immer wieder die sehr lustigen Hinweisschilder. Diese amüsanten Bilder zeigen auf sehr anschauliche Art, wie du dich verhalten sollst. Jedoch sind einige sehr schräg!

Bonus Insidertipp von Markus

Baiyoke Sky Tower

Mein Geheimtipp bei einem Besuch von Thailands Hauptstadt ist der Baiyoke Sky Tower. In einer Höhe von 304 Meter kann man hier den 360 Grad Rundblick über ganz Bangkok von der sich selbstdrehenden Aussichtsplattform genießen.

„Der Baiyoke Sky Tower ist eines meiner absoluten Highlights in Thailand gewesen. Der Cocktail White Russian und die Aussicht waren überragend!“

Die Skybar im 83. Stock

Gleich darunter, im 83. Stock, befindet sich die Skybar, in der man ab 18:00 Uhr zum Sound eines DJs einen Cocktail umsonst schlürfen kann. Der Preis dafür ist im Eintrittspreis von 400 Baht enthalten. Vor 18:00 Uhr beträgt der Eintritt 300 Baht.

Bonus Insidertipp von Markus

Alternative zum Lebua Tower

Der Baiyoke Sky Tower stellt somit eine sehr gute Alternative zu dem - spätestens nach dem Dreh von dem Film Hangover 2 - überteuerten wie auch überlaufenen Lebua Tower dar. Auch der Dresscode wird nicht so streng genommen und man kann getrost in kurzer Hose und schulterfreiem Oberteil dort erscheinen.

Öffnungszeiten & Preise:

10:00 – 18:00 Uhr:	300 Baht
18:00 – 02:00 Uhr:	400 Baht
Ein Cocktail:	150 – 250 Baht

Grenzstadt Mae Sot

Mae Sot strotzt nur so an ethnischer Vielfalt. Neben Thais und Burmesen leben hier Hmong, Karen und Chinesen. Viele Bergvölker, wie z.B. die Hmong stellen eine ethnische Minderheit dar, die noch nicht in der thailändischen Gesellschaft akzeptiert wurde.

Viele Hilfsorganisationen haben es sich zur Aufgabe gemacht, das gesellschaftliche Miteinander in dieser Grenzstadt zu vereinfachen. Auch du kannst die Bergvölker unterstützen, indem du an geführten Trekkingtouren teilnimmst und in den Hmong-Dörfern übernachtest. Oder, und das war unser Plan, indem du in den Ethnoshops (z.B. im Borderline) ordentlich einkaufst.

Ein Dschungel für dich allein – Nationalparks um Mae Sot

Viele Reisende kommen nur für einen Tagestrip nach Mae Sot, um das thailändische Visum verlängern zu lassen, dabei hat diese Stadt besonders für Naturliebhaber viel zu bieten.

Bonus Tipp von Franzi & Raphael

Riesige Bäume gibt es zu sehen, während du den Namtok Pa Wai Wasserfall oder den Namtok Pha Charoen Wasserfall erkundest. Infos zu den Nationalparks gibt es auf sawadee (*www.sawadee.de/thai/tak/nationalpark.html*).

Beide Wasserfälle führten Wasser als wir im März dort waren, trotzdem haben wir niemanden gesehen, der im Wasser gebadet hat. Auch während der Wanderung haben wir nur selten andere Menschen getroffen.

Natur pur

Wer gerne alleine durch die Natur streifen, dabei Wasserfälle und beeindruckenden Dschungel entdecken möchte, sollte nach Nordthailand kommen. Mae Sot ist unser Insidertipp für dich!

Und das ist erst der Anfang

Franziska und Raphael reisen seit Oktober 2014 durch Indien und Südostasien. Dafür haben Sie ihre Wohnungen und Jobs gekündigt. Um Menschen und Kultur kennenzulernen, trampen sie durch Thailand, fahren mit dem Motorrad durch Laos, arbeiten als Freiwillige und schlafen auf den Sofas der Einheimischen.

Als ehemaliger Motiondesigner hält Raphael die Reise in Bild und Ton fest, während Franziska auf dem Blog „Und das ist erst der Anfang“ in die Tasten haut. Also los und schaut doch mal bei den beiden vorbei!

Zehn kinderfreundliche Strände - Nicht nur für Kinder!

Thailand ist in jedem Fall eine Reise wert. Es gibt kaum ein anderes Land, welches so einfach und zugleich abenteuerlich zu bereisen ist. Wenn du aber mit Kindern reist, zählt eben nicht immer das Abenteuer und es stellen sich ganz andere Fragen in den Vordergrund, nämlich die der Kindertauglichkeit.

Wer nach Thailand fliegt, erwartet oft in erster Linie Traumstrände. Deswegen habe ich dir die zehn kinderfreundlichsten Strände Thailands zusammengestellt. Größtenteils habe ich diese selbst besucht oder die Empfehlung von anderen Familien bekommen, die ebenfalls Thailand bereist haben. Besonders wichtig ist für die Kinder, dass es sich um ein ruhiges und flach abfallendes Gewässer handelt.

1. Koh Lanta

Koh Lanta hat es in meiner persönlichen Liste ganz nach oben geschafft, vor allem wegen der unterschiedlichen Gezeiten. Der Klong Dao Beach ist zudem noch für seine familienfreundlichen Restaurants entlang des Strandes berühmt.

2. Koh Samui

Koh Samui wurde auch von uns persönlich getestet und dabei gefiel uns besonders der Chaweng Beach. Dieser befindet sich etwas nördlicher, genau dort, wo der Strand eine Kurve macht. Außerdem finden die Kleinen hier viele einheimische Spielgefährten, so dass auch wir Eltern einmal etwas Pause haben können.

3. Koh Lipe

Koh Lipe ist meine persönliche, kleine Trauminsel. Jedoch ist sie auf den ersten Blick nicht besonders kindertauglich, weil sie viel zu klein ist. Darüber hinaus ist die Insel relativ ungeschützt und liegt weit vom Festland entfernt. Das macht die Überfahrt leider etwas schwierig.

Dafür ist aber der Pattaya Beach toll und kindertauglich, wenngleich man etwas über die vielen Longtailboote hinweg sehen muss.

Insidertipp! Bewegst du dich vom Pattaya Beach aus nach rechts über einen Holzpfad, so gelangst du zu einer kleinen, traumhaften Bucht, welches den Kleinsten etwa 100 Meter flaches Wasser anbietet.

4. Kho Phangan

Kho Phanghan ist berüchtigt für seine Vollmondparties. Deshalb kann ich diese Insel leider nur bedingt empfehlen. Jedoch ist flaches Wasser und feiner Strand am Thong Nai Pan Yai Beach garantiert.

5. Krabi

Wer sich in Krabi aufhält, sollte unbedingt einen Besuch zum Phang Nga Cave an den Strand machen. Am besten kommst du mit einem der vielen Longtailboote dorthin. Neben wirklich feinsten Sand, kann man die vorbeiziehenden Kajaks oder Kletterer beobachten. Ein besonderes Highlight für die Kleinen ist das Eisboot, welches neben Erfrischungen auch ganze Menüs anbietet.

6. Koh Tao

Auf Koh Tao, dem Taucherparadies schlechthin, gilt besonders der Sairee Beach als kindertauglich. Ich persönliche kann dir aber auch die vielen, kleinen Buchten als sehr angenehm weiterempfehlen.

7. Phuket

Phuket schafft es mit dem Nai Yang Beach auf die Liste der zehn kinderfreundlichsten Strände in Thailand. Die Infrastruktur, u.a. viele Ärzte und ein Flughafen, ist ein weiterer Vorteil von Phuket.

8. Koh Chang

Koh Chang hat einen besonders schönen Strand. Der White Sand Beach verrät eigentlich schon durch seinen Namen, was einen dort erwartet. Hinzuzufügen ist nur noch die malerische Kulisse der Palmen in erster Reihe.

9. Koh Samet *Geheimtipp!*

Die Insel liegt nicht weit vom Festland entfernt, ist in einer Stunde zu erreichen und beweist sich auch mit dem Thien Beach als kindertauglich.

10. Koh Mak

Palmen, feiner Sand und ruhiges Meer sind die Schlüsselworte für diese kleine Trauminsel. Koh Mak ist eine weitere, kleine Schönheit Thailands und der Khao Beach eignet sich gut für Kinder.

Mein Fazit:

Wer jetzt nicht nach Thailand mit Kindern verreisen will, der verpasst so einiges!

Tipp! Die Thais lieben Kinder und am allermeisten kleine, blonde Kinder. Wenn du deinem Kind also nicht vorher die Haare schwärzen willst, solltest du damit rechnen, dass es überall angefasst, geknuddelt und auch mal hoch gehoben wird. Dies kann manchmal etwas zu lästig werden für den kleinen Nachwuchs. Deswegen pass immer schön auf deine Kids auf! ;-)

Über Booktrip Vielen Dank!

Hallo Thailand-Fan,

vielen Dank für deinen Kauf dieses Buches. Wir hoffen, dass du einiges von diesem Reiseführer über Thailand mitnehmen konntest. Mit diesen **wichtigen** und **wesentlichsten** Informationen bist du perfekt auf deinen Trip vorbereitet. Uns, von Booktrip, liegt besonders am Herzen, dich für eine Destination zu begeistern, damit du diese **auf eigene Faust** als Individualtourist erkundest. Dadurch lernst du einfach viel mehr vom Land, den Menschen und der Kultur kennen. Gleichzeitig wirst du viel mehr erleben und **über dich selbst** erfahren! Und ganz nebenbei machst du uns richtig stolz, dass du Thailand auf deine eigene Art und Weise entdeckst!

Viel Spaß auf deiner Thailand Reise wünschen dir,

Peter – Autor dieses Thailand Reiseführers

Anja & Peter – die treibenden Kräfte hinter Booktrip

PS: Wir freuen uns, wenn du Booktrip deinen Freunden **weiterempfiehlst** und eine **Bewertung** auf Amazon hinterlässt. **DANKESCHÖN!**

Über Booktrip Vielen Dank!

Übrigens: *Schau doch mal auf unserem* ***Blog*** ***www.booktrip.de*** *vorbei. Wir schreiben über* ***Weltreise, Individualreisen, Backpacking, leckeres Essen und tolle Getränke aus aller Welt****.*

Impressum

Autor:	Peter Beer
Design:	Mediengestaltung Carina Leitner
Layout:	Zsófia Dobay
Lektorat:	Booktrip
Cover:	Wat Arun Thailand | Fotolia
Fotos:	Peter Beer
ISBN:	9781521532843
Imprint:	Independently published

Honnersreuth 7, 95703 Plößberg, Deutschland

21578999R00054

Printed in Poland
by Amazon Fulfillment
Poland Sp. z o.o., Wrocław